醉夜眞談

술 한 잔의 진심

취야진담

술 한잔의 진심

醉夜眞談

취야진담

SHUNYOON

arte

취야진담

醉夜眞談

차
례

1장 사람과 사람 사이 / 관계

2장 꿈이니까 꿈꾼다 / 꿈

3장 오로지 나만의 색깔 / 가치관

4장 두 개의 심장이 만났을 때 / 사랑

취야진담

醉夜眞談

1장 사람과 사람 사이

관계

감정의 골이 생겨 연락하기 곤란할 때,
내가 먼저 마음의 문을 열면 더 좋지 않을까요?
언제든 누구든 들어올 수 있게.
아직 들어오지 않았다면
어서 들어오라고 손짓하며 말이에요.

솔직한 마음
그대로를
보이는 태도

맥주 한 잔을 앞에 놓고 앉으니 얼마 전 일이 떠오르네요. SNS 대화 창을 보고 있는데, 우연히 예전 친구의 생일 알람이 떴어요. 오랫동안 왕래가 없어 이제는 연락하기가 어색해진 친구라 잠시 주춤하게 됐죠.

한 번쯤은 그런 경험 있지 않나요? 한때는 함께했으나 이유 없이 소식이 뜸해진 사람의 기념일을 알게 됐을 때 생기는 복잡 미묘한 감정 같은, 뭐, 그런 거요. 아예 모르는 사람도 아니라서 모른 척하기도 뭣하고, 막상 축하 안부를 보내자니 기프티콘도 같이 보내야 할 것 같고, 기프티콘을 보내자니 얼마짜리를 보내야 상대가 부담스럽지 않을지 감이 안 잡히고, 그 '축하한다'는 문자 한번 보내는 게 뭐 그리 어려운 일인가 싶다가도 결국엔 아무런 연락도 못하게 되는 그런 상황 말이에요. 저만 이런 건 아니겠죠?

어렸을 땐 간단하다고 생각한 일들이 나이를 먹을수록 더 어려워지는 것 같아요. 특히 인간관계가 그래요. 한마디로 해결될 문제들도 딴에는 성숙하게 해결해 보려다 도리어 더 큰 오해를 만들기도 하고요.

생일 얘기가 나왔으니, 제 어릴 적 이야기를 조금 해 볼게요.

저는 어릴 때부터 생일이 별로 좋지 않았어요. 생일은 내가 태어난 날이니까 축하받아야 하는 날인데도 전 늘 의심했어요. '내가 과연 축하받을 자격이 있는 사람일까?' 하고요.

저는 친구가 별로 없는 아이였어요. '왜 그랬을까?' 하고 지금 와서 생각해 보면, 제가 약간 튀는 아이였기 때문이었던 것 같아요. 어릴 때 또래 아이들은 조금이라도 튀거나 자신들과 다른 부분을 가진 친구를 보면 낯설어 하잖아요. 그래서 제 모습도 친구들의 호감을 사지 못했던 것 같아요.

문제는 그런 제 모습을 저도 싫어했다는 거예요. 당연한 일 아니겠어요? 어릴 때는 친구들이 저를 대하는 태도가 제겐 거울과도 같았을 텐데, 그들에게 제가 비호감이라면 저도 제 자신이 비호감일 수밖에 없었겠죠. 그래서인지 생일만 되면 외로웠어요. 가장 축하해 줘야 할 사람인 나 자신에게마저 축하받지 못했으니까요.

시간이 지나고 나니, 감사하게도 제게 친구가 생기기 시작하더라고요. 좋은 친구들이요. 매년 맞는 생일도 전과 같지 않게 축하를 받게 됐지요. 그런데 한동안은 여전하더라고요. 생일만 되면 외로워지는 거 말이에요. '나는 아직까지 나를 의심하고 있는 걸까?' 싶었어요. 내가 과연 축하받을 자격이 있는 사람일까, 하는 의심이요.

몇 해 전에 처음으로 제 SNS 계정에 이런 글을 올렸어요.

'여러분, 오늘이 제 생일입니다. 생일인 줄 몰랐던 분들, 연락이 뜸해 연락하기 불편했던 오래된 나의 지인들, 지금이 기회예요! 어서 저에게 연락하세요!'

당시 저는 군 복무 중이었어요. 사회와 단절된 느낌에 외로웠는데, 생일만 되면 찾아오는 출처 모를 외로움까지 더해져서, 저런 글까지 올리게 된 거예요. 생일만 외롭게 보내지 않는다면 뭐든 할 수 있을 것 같았거든요. 잘 모르는 사람들에게라도 축하받으면서 이 알 수 없는 공허함을 떨쳐 버리고 싶었어요. 그 해, 저는 태어나서 가장 많은 축하를 받았습니다.

아이러니하지만, 창피한 글을 써서 받은 축하 덕분에 그 해 생일, 저는 최고로 행복했어요. 처음으로 나를 의심하지 않게 된 생일이었죠. '나도 아무 조건 없이, 그냥 축하받을, 사랑받을 자격이 있는 사람이구나.'하고요. '당신은 사랑받기 위해 태어난 사람'이란 노래의 가사가 심장에 콕콕 박히는 날이었죠. 아주 달콤했어요.

인간관계라는 게 여전히 참 어렵지만, 그 일을 겪은 뒤, 하나만은 알 수 있었어요. 솔직함은 어떤 순간에서든 열쇠가 되어 줄 거라고요. 가끔은 결과를 따지며 이리저리 생각하지 않고 솔직한 마음 그대로를 보이는 태도가 인간관계의 답인 것 같기도 해요.

타인에게 아무렇지 않게 연락한다는 게 생각보다 많은 고민이 필요할 때, 감정의 골이 생겨 연락하기 곤란할 때, 내가 먼저 마음의 문을 열면 더 좋지 않을까요? 언제든 누구든 들어올 수 있게. 아직 들어오지 않았다면 어서 들어오라고 손짓하며 말이에요.

p.s. : 올해 생일에도 저는 같은 방법을 써먹었습니다. 독자들도 보고 있는 제 SNS에 똑같은 내용으로 만화를 그려서 올려 봤어요. 그날은 휴대폰에 불이 나서 보조 배터리 두 개를 주렁주렁 달고 다니는 하루였습니다. 아주 바쁘고, 정말 행복했지요.

다음 중 치맥이
가장 어울리는 순간은?

1. 월요일부터 치열하게 식사 조절을 한 후 금요일 밤
   나를 위한 치팅 데이 메뉴로!

2. 광고주의 무리한 요구로 작업을 다 하고도
   결국 작업료를 받지 못한 날 스트레스 해소 메뉴로!

3. 간만에 만난 친구와 너 한 조각, 나 한 조각,
   정답게 반반 치킨을 나누고 싶을 때

4. 형제자매와 다툰 후 화해의 제스처로,
   "치킨 시킬까? 맥주는 사 왔는데."

5. 부모님의 뒷모습이 왠지 작아 보일 때,
   이제는 내가 치킨 정도는 사 드릴 수 있으니까 자신 있게 외치기
   "내가 쏠게, 치킨 먹자 우리."

6. 일주일 내내 야근한 뒤 밀린 드라마나 몰아 보려고 하는데
   마침 친구한테 온 연락
   "뭐 해? 너네 집 가도 돼? 치킨 사 갈게."

7. 백 년 만에 잡은 약속에 잔뜩 꾸미고 출근했는데
   퇴근 무렵 날아온 친구의 문자 한 통
   "미안해. 어떡하지? 오늘 회식 때문에 약속 미뤄야 할 것 같아."
   집으로 돌아오는 길이 쓸쓸하지 않도록, 치킨과 맥주!

세상 커플 다 깨져도 깨지지 않을 커플
치킨과 맥주

취야진담
醉夜眞談火

2장 꿈이니까 꿈꾼다

꿈

우리 거기서부터 시작해 봐요.
당장 손에 닿는 목표를 해 나가는 것으로,
망상이 아닌 오늘을 살아 내는 성실한 움직임으로,
그러니까,
'꿈'이 아닌 '목표'라는 이름으로 말이에요.

'꿈'이 아닌
'목표'를 꾸며
살기로

지금 생각하면 좀 웃기지만, 어렸을 땐 제가 천재인 줄 알았어요. 그땐 뭐든 될 수 있을 줄 알았다고요. 그런데 돌아보니 그때의 생각이 슬프게 다가오네요. 왜냐고요? 일단 술 한 잔 마시고 시작할게요.

크~, 저는 진짜로 제가 뭐든 다 될 수 있을 줄 알았어요. 심지어 꿈은 이루기 힘들다는 다른 사람들의 말도 공감이 되지 않았어요. 보통 '꿈' 하면 마치 너무 멀리 있어 닿기 어려운 행성처럼 말하잖아요? 그런데 그때의 저에게 '꿈'이란, 바로 코앞에 있는 미래 같았어요. 그렇다고 되고 싶은 것, 하고 싶은 것이 뚜렷하게 정해져 있는 것도 아니었어요. 그저 뭐든 할 수 있을 거란 생각과 자신감만 가득했던 거죠.

'내가 천재가 아닐 수도 있겠다'는 생각이 든 건, 입대한 뒤부터예요. 이야기가 좀 어두워질 것 같으니까 한 잔 더 마시고 이어갈게요. 괜찮죠?

크~, 사실 입대 전까지만 해도 근거 없는 자신감이 여전했어요. 주변에서는 군대 좀 가라고 닦달했지만 전 늘 '아이 돈 케어' 상태였어요. '무슨 상관이야. 남이사 군대를 일찍 가든 늦게 가든. 게 다가 난 천재인데. 천재가 군대 언제 가야 하는지 신경 쓰는 거 봤어?' 하고 말이죠.

그러다가 남들보다 좀 늦은 나이에 군대를 가게 됐는데, 글쎄 막상 가 보니까 제 나이가 제일 많은 거예요. 어떤 동생은 갓 스무 살이 되자마자 왔다고 하고, 그나마 저보다 한 살 어린 동생은 대학교를 졸업하고 입대했대요. 전 졸업하려면 아직 한 학기나 남아 있었는데 말이죠.

그 친구들의 상황을 알고 나니 슬슬 불안감이 밀려오기 시작했어요. 사실 전 입대 전에 사회에서 인정해 줄 만한 무언가를 이뤄 놓은 것이 아무 것도 없었거든요. 제대가 다가오자 불안함은 더욱 커졌습니다. 저마다의 위치에서 자기 몫을 해내는 친구들을 보니 초조해지더군요. '의심 없이 나아가던 때로 다시 돌아갈 수 있을까?' 하는 걱정에 많은 밤잠을 설쳤던 것 같아요. 태어나서 처음이었어요. '나는 천재가 아니라, 그냥 아무것도 아닐 수도 있겠다.'는 생각이 든 게 말이에요.

그렇게 많은 걱정을 안고 전역을 했어요. 다시 일상으로 돌아가

마지막 학기의 바쁜 일상을 지내다 보니, 전역 전의 고민도 잠시 사라지는 것 같았지요. 그런데 막상 학교를 졸업하고 나니까 늦은 입대 따위와는 비교도 되지 않는 광활한 막막함이 찾아왔어요. 마음이 조급해져서 아등바등 뭔가를 해 보려 했지만 도무지 제 꿈에 가까워지는 길이 보이질 않더군요. 나이는 먹었지, 모아 놓은 돈은 없지, 커리어도 없지, 빽도 없지. 그런데 여기에 근거 없는 자신감만 있어 봐요. 사람이 얼마나 비호감이에요. 그러니 어쩔 수 없었죠. 마지막으로 남은 자신감을 포기하는 수밖에.

그제야 진짜 제 모습을 보게 됐어요. 초라하더군요. 너무 부끄러웠어요. 그리고 후회했죠. 꿈 앞에서 무너지는 사람들을 보며, '그들이 꿈을 이루지 못한 이유는 안타깝지만 그들의 능력이 부족하거나 노력이 부족해서겠지.'라고 단정했던 순간을요. 나도 그들과 다를 것 없는 사람이었는데, 아무것도 없는 주제에 어항 속의 금붕어처럼 착각 속에 빠져 살았던 거예요.

그런데 신기하게도 내가 진짜 어떤 사람인지 깨닫고 나니, 생각만큼 절망적이지 않더라고요. 막상 '꿈을 이루지 못할 수도 있겠다.'라는 말을 입 밖으로 꺼내고 나니까, 도리어 마음이 편안해지더라고요.

그리고 제 실체를 파악하고 나니, 현실적으로 지금 당장 할 수 있는, 손에 잡히는 일들이 눈에 들어오더군요. 그러면서 빠르게 깨달았어요. 내가 막연히 생각했던 '꿈'이란 게 사실은 내가 정말 이루고 싶은 무언가가 아니라 '누구나 선망하는 것'이었음을 말이죠. 그러자 정말로 내가 원하는 게 무엇인지, 하고 싶은 것이 무엇인지에 대한 고민이 오히려 선명하고 구체적으로 다가왔어요. 모두가 쫓는 그 별이 아닌, 나만의 별이 보이기 시작한 거예요.

　혹시 이루지 못할 것 같은 꿈 때문에 저처럼 괴로운 분이 계신가요? 만약 그렇다면 제가 겪은 이 감정을 전해 드리고 싶어요. 어쩌면 우리가 괴로운 이유는 꿈을 이루지 못할 것 같기 때문이 아니라, 그 꿈 안에 갇혀 살고 있기 때문인지도 몰라요. 솔직히 '꿈'이라는 단어는 너무 환상 같잖아요. 너무 멀어서 가끔은 보이지 않는 별 같고요. 심지어 그 꿈이 정말 내가 원했던 꿈이었는지도 확실치 않아요. 제가 그랬던 것처럼 말이죠.
　그때부터 앞으로는 '꿈'이 아닌 '목표'를 꾸며 살기로 마음을 바꾸었어요. 내가 당장이라도 이룰 수 있을 것 같은 목표로요.

그래서 저는 만화를 그리기로 했어요. 제 위치에서 할 수 있는 거라곤 그저 세상에 대고 제 이야기를 알리는 것뿐이었거든요. 처음엔 그저 넋두리하는 마음으로 묵묵하게 그렸습니다. 글과 그림, 그리고 만화로 세상에 꾸준히 저의 이야기를 털어놓아 보았어요. 정말 꾸준히요. 그러자 하나둘 만화를 봐 주는 사람들이 생겨났고, 너와 나를, 그리고 우리를 서로 위로할 기회도 생겼어요. 비록 지면 위의 활자를 통해서지만 결국엔 이렇게 글을 통해서 여러분과 술 한 잔 기울일 수도 있게 되었네요.

어떤 식의 움직임이든, 우리의 행동은 세상을 아주 조금은 꿈틀거리게 할 수 있는 힘이 있다고 믿어요. 우리 거기서부터 시작해 봐요. 당장 손에 닿는 목표를 해 나가는 것으로, 망상이 아닌 오늘을 살아 내는 성실한 움직임으로, 그러니까, '꿈'이 아닌 '목표'라는 이름으로 말이에요.

이럴 땐 이 안주!

1. 추운 겨울, 갈 만한 술집이 없어서 기웃거리다 들어선 선술집에서는

   _____

2. 용기 내어 혼술하러 간 포장마차에서는 _____

3. 내가 만들어 먹어도 맛있는 건 _____

4. 친구가 집으로 먹으러 오라고 하면 무조건 뛰쳐나갈 안주는

   _____

5. 드라마 몰아 보기하면서 밤 샐 각이 나올 때 _____

6. 십 년 지기 친구들과 크리스마스 파자마 파티에 _____

7. 고민이 깊은 친구의 속사정을 들어줄 때 _____

8. 짝사랑한 그 사람과 단둘이 술을 마시게 됐을 때

   _____

9. 요리는 못하는데 비주얼로 승부 보고 싶을 때 _____

10. 어쩔 수 없이 가게 된 회식 자리. 입 꾹 닫고 안주만 먹고 싶을 때

    _____

마음 시린 날, 몸과 마음을 데워 주는
소주와 어묵탕

사실 비가 안 오는 날에도 최고의 궁합
막걸리와 파전

취야진담

3장 오로지 나만의 색깔

가치관

세상에 증명할 수 있는 무언가
대단한 업적을 남기고 나면,
살 같은 건 아무래도 상관없어질까요?
그럼 그땐 살이 쪄도
온전한 나로 살아갈 수 있는 걸까요?
참 어렵습니다. 나로서 살아간다는 거.

온전한
'나'로서
사는 일

　가끔 삼겹살에 소주라도 한잔할라치면 칼로리가 걱정될 때가 있습니다. 사실 저는 '뚱뚱하다'거나, '살이 쪘다'는 말에 매우 민감하거든요. 왜냐고요?

　과거에 제가 뚱뚱했었기 때문이에요. 친한 친구들이 가끔씩 저에게 '돼지'라고 할 때가 있어요. 장난으로 하는 말이지만, 사실 전 그 소리를 들을 때마다 본능적으로 뜨끔합니다. 제 마음속엔 아직도 마음이 여린 돼지가 살고 있는 걸까요?

　어릴 때부터 뚱뚱하단 말이 참 싫었어요. 뚱뚱하단 말에는 각종 부정적인 의미가 숨어 있는 것만 같거든요. 게으름, 못생김, 매력 없음, 비호감…. 실제로 뚱뚱했지만 누군가 나를 구분하는 용어로 '뚱뚱하다'는 표현을 사용했을 때, 이런 부정적인 의미와 의도를 담지 않을 리가 없다고 생각이 돼요. 그래서 그 말을 듣지 않으려고 오기를 가지고 살을 뺐던 것 같아요. 하루에 한 끼만 먹으면서 아침저녁으로 땀 흘리며 운동했어요.

　살을 빼기로 결심한 결정적인 이유는 내가 나로서 존재하고 싶었기 때문이에요. 제 좋은 점은 늘 뚱뚱함 뒤에 가려져 있는 것만 같았거든요.

중학교 영어 말하기 대회에서 일등을 했을 때 선생님으로부터
'발표 잘하는 애'가 아닌 '저기 뚱뚱한 애'로 불렸던 기억은 아직도
잊을 수가 없어요. 그런 기억을 발판 삼아 이를 악물고 다이어트를
했습니다. 그러자 오랜만에 만난 어릴 적 친구들이 저를 못 알아볼
정도로 살이 많이 빠지게 됐지요. 더 이상 뚱뚱하단 소리도 듣지
않게 되었고요.

그런데 막상 살이 빠지고 나니, 외모에 대한 새로운 평가가 이어
졌어요. 개중엔 칭찬도 있지만, 또 다른 부정적인 이야기도 있었어
요. 그 뒤로 거울을 보는 시간이 잦아졌고, 과거에 이상하지 않게
생각한 부분까지도 점점 맘에 들지 않게 되었어요.

그쯤 되니 나를 존재하게 하는 것이 나인지 타인인지, 진지하게
고민하게 되더라고요. 남들의 시선이 불편해서 살을 뺐는데, 또 남
들의 시선 때문에 거울 앞에 한참을 서 있어야 하다니, 내 몸의 주
인이 내가 아닌 것 같은 생각이 들었어요.

물론 살을 뺀 것을 후회하진 않아요. 전보다 훨씬 몸이 가볍고, 덕분에 자신감도 많이 생겼으니까요. 그러나 더 깊게 생각해 보니, 갑자기 생겨난 자신감의 원인은 줏대 없던 내가 타인이 정해 놓은 기준에라도 맞출 수 있게 되었기 때문인 것 같아요. '아, 이제 나도 누군가가 나를 인정해 주는 세상에서 살 수 있게 됐구나.' 싶은 거죠. 결국 제대로 된 나의 기준을 세워 놓지 않는다면 외모를 어떻게 바꾸든 간에 본질적인 것은 고쳐지지 않을 것 같다 싶더라고요. 언제 변할지 모르는 타인의 입맛에 맞추려고 매번 나를 바꿀 수는 없는 노릇이니까요.

제가 너무 많은 걸 바라는 걸까요? 마음속 깊은 곳까지 들여다봐 달라는 게 아닌데, 그냥 있는 그대로 봐 달라는 건데. 도대체 왜 생김새로 성격과 능력을 평가받고, 나의 다양한 모습이 옳고 그름으로 재단되어야 하는지, 왜 이렇게 자주 나 자신을 타인의 도마 위에 올려놓게 되는 건지, 가끔은 이런 상황에 답답해질 때가 있습니다.

시시각각 변하는 변덕스러운 세상에 내가 나로서 존재할 수 있는 방법은 딱 하나, 내 안에서 중심을 잡는 일뿐입니다. 그런데 방법이 그거 하나뿐이란 사실은 지나치게 버거운 것 같아요. 그럼에도 다른 방법을 모르기에 오늘도 자존감을 키워 주는 새로운 방법이 있는지 여기저기 귀를 기울여봅니다. 결국 '옳은 방법을 선택해야 하는 것도 다시 나 자신이구나' 하고 깨닫게 되지만요.

전 언제쯤 '뚱뚱하다'라는 말에 뜨끔하지 않을 수 있을까요? 사실 더 두려운 건 다시 살이 찌는 일이 아닌, 내가 나로서 존재할 수 없게 되는 일인 것 같아요. 세상에 증명할 수 있는 무언가 대단한 업적을 남기고 나면, 살 같은 건 아무래도 상관없어질까요? 그럼 그땐 살이 쪄도 온전한 나로 살아갈 수 있는 걸까요? 어찌됐든 남들 눈에 보이는 무언가를 증명해야 함은 다름이 없네요. 참 어렵습니다. 나로서 살아간다는 거.

달걀말이,
어디까지 먹어 봤니?

1. 달걀, 소금만 있으면 오케이! 기본 달걀말이

2. 달걀말이 시도하다 스크램블드에그

3. 김을 넣어서 실패한 요리는 없다! 김 달걀말이

4. 이보다 부드러울 수는 없다! 우유 달걀말이

5. 쭉쭉 늘어나는 모짜렐라 치즈 달걀말이

6. 입안에 고소함 가득! 명란 달걀말이

7. 초딩 입맛에 딱! 소시지 달걀말이

8. 달걀 한 판을 다 넣었다고? 초대형 달걀말이

9. 버섯, 당근, 양파까지 송송 썰어 넣은 야채 달걀말이

10. 시골 밥상으로 딱! 시래기 달걀말이

11. 반찬도 안주도 상큼하게! 사과 달걀말이

톡 쏘는 맛을 부드럽게 감싸 주는
소주와 달걀말이

취야진담 醉夜眞談

4장 두 개의 심장이 만났을 때

사랑

사랑이 무엇인지는 잘 모를지언정
그거 하나는 알잖아요.
우리의 체온이 맞닿는 순간만큼은
훨씬 더 따뜻해질 수 있다는 사실 말예요.
안아 줍시다. 살아 있는 동안,
더 많이, 더 뜨겁게.

어쩌면 사랑은
그저
안아 주는 일

사랑에 대한 얘기를 해 보려고 해요. 이야기를 잘 마무리할 자신은 없지만, 그래도 취야진담에 가장 어울리는 주제가 바로 '사랑'이 아닐까 해요.

얼마 전 SNS에서 '한 청년이 취객을 제압하는 방법'이라는 제목의 영상을 보게 됐어요. 경찰 두 명이 지하철 역사에서 소란을 부리는 취객을 저지하고 있었어요. 주변 시민들은 다소 불편한 현장을 멀찍이서 지켜보고 있었죠. 그러던 중 벤치에 앉아 있던 한 청년이 실랑이를 벌이는 경찰과 취객에게 다가갑니다. 다음 장면이 어땠을지 상상이 되시나요? 아마 다들 비슷한 상상을 했겠죠?

저 또한 영상의 제목대로 청년이 어떤 현란한 기술로 소란을 잠재울지 궁금했어요. 그런데 뜻밖에도 청년은 취객에게 다가가 그를 조용히 안아 주는 게 아니겠어요? 그러자 잠시 주춤하던 취객이 이내 소란을 멈추고는 청년의 어깨에 머리를 기대어 흐느끼는 거예요. 청년은 다 괜찮다는 듯 취객의 등을 토닥토닥 두드려 주더군요.

와, 정말이지 망치로 머리를 한 대 맞은 것 같았습니다. 그러게요. 왜 그 생각을 못 했을까요? 어떠한 소란도 잠재울 수 있는 힘은 다름 아닌 사랑이란 것을 말이에요.

어른이 되어 삶의 밑바닥까지 추락하는 기분을 누구나 한 번쯤은 경험해 봤을 거예요. 절망적인 순간, 슬픔의 한복판에 서 있던 제게 필요했던 건 무엇이었을까 곰곰이 생각에 잠기게 되는데요, 영상을 보니 알 것 같더군요. 그저 안아 주는 일이면 돼요. 아무런 이유도 묻지 않고 그저 안아 주는 일이면 충분하다고요. 그간 사랑에 너무 많은 의미를 부여하지는 않았나 싶어요. 어쩌면 사랑은 그저 안아 주는 일, 그거면 되는지도 모릅니다.

사랑 얘기가 나왔으니 말인데 좀 더 사적인 이야기를 해 볼까 해요. 저는 첫사랑이 끝난 후, 이렇게 다짐했던 기억이나요.

'누군가를 좋아하는 일이란 제 발로 감옥에 걸어 들어가는 것과 같다.'

그 시절 제게 사랑은 말이죠, 손이 데일 정도로 뜨거운 어떤 것이었어요. 예고도 없이 마음속을 파고들어 잠식하는가 하면, 하루에도 수천 번씩 냉탕과 온탕을 왔다 갔다 하는, 속된 말로 '사람 돌아 버리게 만드는' 일이었죠.

아침에 눈을 뜨면 그 사람 때문에 행복한 하루가 될 것 같다가도 잠들기 전이 되면 숨이 막혀 그대로 졸도할 것 같았어요. 사랑이 이루어질 것 같지 않아서 단념하려 했지만, 그게 어디 마음대로 되나요. 그래서 어린 마음에도 매일 간절히 되뇌었죠. '그 사람을 제발 덜 사랑하게 해 주세요.'라고요.

첫사랑뿐만이 아니에요. 가족들에게도 그런 마음을 느꼈어요. 어느 날 문득 부모님이 나를 두고 먼저 떠나는 상상을 하면, 그 상상만으로도 눈물 콧물 범벅이 됐었죠. 어린 나이에도 어렴풋이 알고 있었나 봐요. 너무 소중한 것이 생기면 남는 것은 '잃는 일'뿐이란 걸 말이에요. 참 아이러니하죠? 사랑은 세상 모든 것을 아름답고 완벽하게 만들어 줘요. 그러나 모든 것을 완벽하게 만들어 준 만큼, 빼앗아 가는 속도와 파장 또한 상상을 초월하죠. 진심을 다해 사랑할수록 슬퍼지는 이유예요. 어떤 방식으로든 마지막에 만나는 것은 결국 이별이기 때문이죠.

해를 거듭할수록 누군가와 사랑에 빠지기가 더 어려워집니다.

심장이 쉽게 마음을 내어 주지 않아요. 사랑으로 겪는 슬픔 또한 점점 무뎌져요. 사랑이 줄 수 있는 기쁨이 사라진 만큼 슬픔 또한 사라진 것이죠. 어떻게 보면 그래서 다행이다 싶어요. 어찌 됐든, 슬플 일이 줄어든 거니까.

그런 의미에서 어른이 된다는 것은 덜 사랑하는 법을 배워 가는 일인 것 같기도 해요. 나이를 먹을수록 마음을 주는 일이 쉽지 않은 걸 보면 말이에요. 그렇지만 다들 알잖아요. 그 사람이 미워서가 아니라, 사실은 상처받지 않기 위해서 마음을 열지 않는다는 걸요. 진심을 다해 사랑할수록 상실의 아픔이 더 커질 테니까.

그래서 저는 오늘도 열렬한 사랑을 갈망하지만, 열렬히 사랑하고 싶지는 않아요. 사랑하고 싶지만 사랑하지 않으려 하다니, 이 또한 참 아이러니네요.

또 하나의 아이러니가 있어요. 그럼에도 사랑이란, 모든 아픔과 고통을 감수하더라도 한 번쯤은 뛰어들어 볼 만한 불구덩이라는 것. 왜 그렇게 확신하느냐고요? 에이, 저만 확신하는 게 아닐 텐데요? 여러분도 이미 하고 있잖아요. 각자의 형태로, 저마다의 소중한 존재에게, 나름의 방식으로, 나의 연인을, 가족을, 친구를, 반려 동물을, 자연과 나의 일을 말이죠. 이들 모두 언젠가 끝을 맞이하는 존재라는 사실엔 변함이 없어요. 그러나 그럼에도 불구하고, 사랑하고 있네요. 우리 모두, 이미.

사랑에 대해 이런저런 얘기들을 늘어놓았지만, 사실 말이죠, 저는 아직도 사랑이 무엇인지 잘 모르겠어요. 죽기 전에는 깨달을 수 있을까요? 어쩌면 죽을 때까지 평생 모를 것 같기도 해요. 그렇다고 서둘러 정답을 찾고 싶진 않아요. 그냥 지금처럼 여러분과 함께, 이렇게 사랑에 대해 계속 얘기할 수 있으면 좋겠어요. 사랑에 대해 얘기하고 싶다는 건, 아직 사랑을 하고 싶다는 뜻일 테니까요. 이미 하고 있는 사랑의 소중함을 다시금 깨우치는 순간이 될지도 모르고요.

사랑에 대한 얘기를 하다 보니 제가 사랑하는 사람들이 머릿속에 떠오르네요. 당장 달려가 꼭 안아 주고 싶어요. 갑자기 무슨 포옹이냐며 낯부끄러워 할 수도 있겠지만, 그럼 뭐 어때요. 취객을 안아 주던 청년처럼, 사랑은 그저 안아 주는 일, 그거면 되는 걸요.

그저 살아 있는 동안 내가 사랑하는 사람들을 더 많이 안아 주고 싶어요. 사랑이 무엇인지는 잘 모를지언정 그거 하나는 알잖아요. 우리의 체온이 맞닿는 순간만큼은 우리가 훨씬 더 따뜻해질 수 있다는 사실 말예요. 안아 줍시다. 살아 있는 동안, 더 많이, 더 뜨겁게.

캠핑장에서
딱 어울리는 안주는?

1. 영화 속 한 장면처럼, 따끈 쫀득 마시멜로 구이

2. 무조건 고기! 바비큐&맥주

3. 귀찮은 건 질색! 내돈내산 떡볶이

4. 내 술안주는 불멍! 안주는 필요 없다!

5. 장소 불문 오첩반상! 밥, 찌개, 달걀 프라이, 김치 필수!

6. 하나씩 빼 먹는 재미로! 닭꼬치 or 염통꼬치

7. 친구들끼리 수다에는 역시 막창 & 순대볶음

8. 분위기에 취해~ 와인 & 치즈

9. 요리 똥손은 라면 & 스낵이면 만족!

10. 아무거나 그날 기분대로!

실패하기 싫은 날의 선택
맥주와 마른안주

술을 좋아한다는 말에는 많은 의미가 숨어 있는 것 같아요. 술한 잔이면 무거웠던 고민들로부터 살짝 멀어지기도 하고, 취기를 빌려 조금은 솔직해질 수도 있잖아요. 영원히 해결할 수 없을 것 같던 문제도 술 한 잔에 말랑말랑해지곤 하죠. 생각해 보면 기분 나쁘려고 술 마시는 사람은 아무도 없는 것 같아요. 누군가와 함께 술을 마신다는 것, 그건 술 이상의 의미일 겁니다. 그러니까, 술을 좋아한다는 말엔 이런 뜻이 숨겨져 있는지도 몰라요.

'당신과 함께하는 이 자리가 좋아요.'
참 좋아요. 이렇게 당신과 함께 할 수 있게 되어서요.

여러분은 지나간 술자리의 대화를 모두 기억하나요? 민망하게도 저는 잘 기억이 나지 않아요. 《취야진담》이라는 제목으로 책을 써 놓고도 말이죠.

이 책의 이야기들은, 사실 그래서 쓰기 시작했어요. 사라지는 술자리의 대화들이 너무 아깝게 느껴졌거든요. 비록 취기를 빌린 이야기라도 그 순간만큼은 진심이었다는 거, 우린 잘 알잖아요? 나이를 먹을수록 진심을 털어놓는 일이 점점 어려워지기에, 반짝이는 그 순간들을 놓치고 싶지 않았습니다.

　연재를 하는 동안 많은 독자님들이 댓글을 남겨 주셨어요. 댓글을 읽다 보니 문득 그런 기분이 들더라고요. 왠지 수많은 '당신'들과 마주 앉아 술을 마시고 있는 것 같다고요. 비록 진짜 얼굴을 마주하지도, 술을 마시지도 않았지만, 독자님들이 수놓아 준 댓글창의 반짝이는 진심을 읽고 감동에 취해 잠드는 날이 많았어요.

　물론 술이 정답은 아닐 거예요. 무슨 일이든 술 한 잔으로 털어낼 수 있다면, 저는 벌써 알코올 중독자가 됐을 테니까요. 그렇지만 술에게 많은 위로를 받았던 건 사실이에요. 술 덕분에 잠깐이나마 찌질한 본캐에서 벗어나, 솔직할 수 있는 용기를 장착한 부캐가 될 수 있었던 것도 같고요. 그래서 마음 깊숙한 곳에 감춰 뒀던 이야기를 꺼낼 수도 있었어요.

이 책이 당신에게 그런 술과 같은 존재가 되었으면 좋겠습니다. 설령 잠깐이더라도, 용기를 장착해 주는, 맘속 깊이 있던 부끄러운 얘기들을 꺼낼 수 있게 만들어 주는, 나의 사람들에게 한 번 더 사랑을 표현할 수 있게 해 주는, 그런 취기 가득한 존재요. 언제 술이 깰지 모르는 일이지만, 혹시 술이 깬다면 그때 다시 찾아와요. 저는 언제든 여기서 맛있는 술과 안주를 준비해 놓고 있겠습니다.

윤수훈

취야진담

1판 1쇄 인쇄 2020년 12월 1일
1판 1쇄 발행 2020년 12월 21일

지은이 윤수훈 **펴낸이** 김영곤 **펴낸곳** (주)북이십일 아르테
키즈융합부문 대표 이유남 **키즈융합부문 이사** 신정숙
마케팅본부장 변유경 **IP사업팀** 한아름 황혜선 고아라 **디자인&편집** 페이퍼민트 김민경
영업본부장 김창훈 **영업1팀** 임우섭 김유정 송지은 **영업2팀** 이경학 오다은 김소연
영업3팀 이득재 허소윤 윤송 김미소 **제작팀** 이영민 권경민

출판등록 2000년 5월 6일 제406-2003-061호
주소 (10881) 경기도 파주시 회동길 201(문발동)
대표전화 031-955-2100 **팩스** 031-955-2151 **이메일** book@book21.co.kr

아르테는 (주)북이십일의 문학 브랜드입니다.

(주)북이십일 경계를 허무는 콘텐츠 리더
아르테 채널에서 도서 정보와 다양한 영상자료, 이벤트를 만나세요!
페이스북 facebook.com/21arte   블로그 arte.kro.kr
인스타그램 instagram.com/21_arte   홈페이지 arte.book21.com

© 윤수훈, 2020
ISBN 978-89-509-9317-7 03810